Microfictions calédoniennes

100 petits Cailloux

Couverture : composition de Luc Deborde.

ISBN des versions numériques : 979-10-219-0398-2
ISBN distribution Hachette : 979-10-219-0403-3
ISBN autres distributions : 979-10-219-0401-9

Évelyne André-Guidici – Luc Deborde
Firmin Mussard – Roland Rossero – Frédérique Viole

Microfictions calédoniennes

100 petits Cailloux

Avant propos

C'est à l'occasion d'un échange pendant le Salon du livre océanien de l'année 2018, au Centre Tjibaou de Nouméa, que Roland Rossero m'a proposé l'idée d'éditer un recueil de textes très courts. « Quatre auteurs, vingt-cinq textes chacun. Ça ferait un recueil de cent nouvelles. Et je te verrais bien y participer. »

Un nouveau projet d'édition et vingt-cinq textes à écrire, alors que mon planning était déjà totalement surchargé, c'était de la démence pure. « L'idée me plaît beaucoup », ai-je répondu, « si c'est toi qui gères cette édition. »

Roland a accepté.

Au salon, c'était l'heure où les gadins plongent au cœur de la vallée pour rejoindre les bords du creek. Exténués par leurs errances, ils s'enivrent du parfum sucré que les niaoulis exhalent les après-midi de chaleur. Bientôt, bercés par le chant du notou, ils oublient la cruauté du monde et s'abreuvent en toute inconscience. Un moment idéal pour des chasseurs sans scrupules. Dans la demi-heure qui suivit, Roland et moi avons fait feu. Évelyne André-Guidici et Frédérique Viole furent les premières victimes. Deux mois plus tard, constatant que vingt-cinq, ça faisait quand même beaucoup, Frédérique a accroché Firmin Mussard à notre glorieux tableau de chasse, réduisant ainsi à vingt le nombre de textes que chacun devait rédiger.

Endossant consciencieusement son rôle de directeur de projet, Roland avait édicté les règles strictes auxquelles il voulait que nous nous conformions : 1 000 caractères maximum par nouvelle (espaces comprises), et il fallait que les textes soient « calédoniens », c'est-à-dire qu'ils parlent de la Nouvelle-Calédonie ou puissent s'y dérouler. Bien entendu, ces contraintes ont été discutées et contestées, y compris par moi-même, trop heureux de me retrouver, pour une fois, dans le camp turbulent des auteurs. Roland a tenu bon, ne concédant que quelques miettes à la troupe vindicative. La limite est passée à 1 200 caractères « et pas un de plus ».

Une fois les nouvelles réunies, notre directeur les a révisées, puis il nous a invités à nous adresser des retours croisés afin que chacun bénéficie du regard des autres sur ses propres textes. Pour finir, une réunion de travail nous a permis de faire un point sur tous les retours afin de les synthétiser et d'en tirer le meilleur parti. Certaines nouvelles furent alors réécrites par leurs auteurs. D'autres furent carrément abandonnées et remplacées par de nouveaux textes. Un processus irréprochable de rigueur et d'efficacité que j'ai savouré tout du long, tant il différait de mes éditions habituelles et m'apportait de nouveaux éclairages.

Je profite donc de cet espace pour remercier chaleureusement Roland Rossero, pour son suivi autant que pour son idée.

Ironiques, tendres, cruels, fantastiques, drôles ou acides, les textes issus de cette collaboration ne correspondent peut-être pas à ce que l'on attend habituellement des auteurs d'Outre-mer. Ils vous parleront pourtant avec sincérité, vous invitant à regarder autrement notre île complexe et souvent paradoxale que l'on dit « la plus proche du Paradis ».

Je vous souhaite d'y trouver le plus grand plaisir !

Luc Deborde

ÉVELYNE ANDRÉ-GUIDICI

Destin commun

Un bruit. Des pas. Dans mon salon, je crois. En sursaut, je me lève. Il fait nuit, je trébuche. Je le vois. Torse nu, comme moi. Il fouille mon salon. Je crie. Il se redresse, court à toute vitesse vers la baie vitrée. Piégé sur le balcon, il maintient la vitre fermée pour m'empêcher de l'attraper. De toutes mes forces, j'essaye de la faire coulisser. Nous sommes écartelés. Deux hommes de Vitruve. Transparence ou miroir ? J'hésite quand nos regards, enfin, se superposent. Dans ses yeux, je perçois le même effroi qu'en moi : l'angoisse de rester éternellement coincé, chacun de son côté.

Portrait de famille

Cela faisait si longtemps que je ne l'avais pas revue. Elle détestait les photos, se cachait derrière les manches amples et colorées de sa robe. Mais c'est bien elle, cette silhouette courbée, avec son foulard orange et son cabas en tissu… Sur le trottoir, devant la librairie, place des cocotiers… oui, aucun doute : ma grand-mère morte est sur Google maps.

La malédiction

C'était un lieu tabou. Il punissait. Par là où l'on péchait.

« Je suis le maire, on fait ce que je dis. Si je dis "on construit le centre commercial sur l'ancien cimetière", on construit. »

Sitôt dit, sitôt fait.

Depuis, le maire a perdu des voix et la parole.

L'occidentation

Nord-est, dans le lagon, j'allais partout : juste une sagaie, pas de harpon. Tout autour de moi, des poissons. Un peu d'école et le football. On m'a dit : faut que tu t'orientes. J'ai dû partir.

Sud-Ouest, une seule direction : le lycée pro, plus de poissons. Au Ouen-Toro, je fais piscine. Je suis la ligne. Avec les copains, on s'aligne pour rentrer à l'usine, pour rentrer dans le rang. Dans le banc. C'est nous les poissons maintenant.

Un parfum

La vanille coule sur la main ridée. Le vent chaud souffle par bouffées. Vanessa tente de sauver de son cornet un peu de fraîcheur, mais, au fond, elle le sait, elle a passé l'âge des glaces.

Rois et reines

Ils sauront que je suis là. Ils sauront qu'il ne faut pas jouer avec moi. J'en ai dans le caisson et des Ones dans le carton. La base. Sous ma bâche, ça arrache. Un tour du quartier puis à la Côte blanche… Ce soir… Je suis le roi du son. Sur la piste, un vélo passe. À fond.

Je pédale comme un as, les autres, je les dépasse. Si un gosse traverse, je l'écrase, je ne peux pas freiner sinon mon rythme se casse. Je suis le roi du peloton. Face à moi, deux femmes bombent le torse, canon.

On défile comme des lionnes en chasse. Les hommes tombent et se ramassent. Gonflées : nos bouches, poitrines, hormones. Nous sommes les reines des amazones. Sur le banc, là-bas, au fond, nous regarde un petit garçon.

Moi, je ne suis qu'un petit garçon et, finalement, c'est plutôt bien. Que veux-tu faire plus tard ? me demandera ma mère ce soir.

N'être le roi de rien.

Deux hémisphères

Nous avons tous une position, comme des boussoles. Dans le lit, nous tournons et nous retournons. Je dors comme un mort, elle comme un fœtus. Je suis du nord, elle est du sud. Après quelques mois, là-bas, je suis revenu chez moi. Dans le froid.

Longtemps, je lui ai envoyé des mots au petit jour, qu'elle recevait le soir. Amour de vacances, avions-nous cru. Deux avions plus tard, elle m'avait rejoint, lassée des messages de loin en loin.

Elle s'est adaptée aux hautes maisons et aux gens hautains, aux saisons de gris, aux forêts, aux vins, aux klaxons, aux bruits et aux traditions. En tous points. Sauf un : elle continuait, coutume de son Océanie, à courber le dos pour passer devant du monde.

Et puis, tout son corps s'est arqué un peu plus chaque jour : ses sourcils pour marquer accords et désaccords, sa cambrure pour me narguer, son cœur pour tirer dans le mien. Et partir comme une flèche du jour au lendemain.

Nous avons tous une position, comme des boussoles, nous tournons. Puis, un jour, nous y retournons.

Escape Game

Un jeu grandeur nature, dans une clinique désaffectée. Il faut trouver des codes pour ouvrir les portes. Chambre 121, il y a un clown qui terrorise les joueurs. Salle d'accouchement, des zombies rôdent pour les effrayer. Le démon rouge et la femme-araignée attendent les concurrents à chaque recoin du parcours.

Chambre 119 de la clinique Magnin, le petit fantôme pleure dans son coin. Lui aussi aurait bien voulu s'échapper comme le font ces grands enfants qui jouent à se faire peur. Lui aussi aurait bien voulu en sortir vivant.

Le sourire

Chez ce dentiste, on a vue mer. Les pages propres des magazines tournent sous les doigts manucurés, proposent des idées, des envies de cuisines tout-équipées. Lola part pour son blanchiment.

Le dentiste fait la conversation tout seul. Jamais on ne le contredit. On a même, parfois, un peu peur de lui. Lola, bouche ouverte, mâchoires écartées, ne peut même pas hocher la tête. « Ça va vous remettre sur le marché, ma petite dame ! » Outrée, Lola passe la demi-heure restante à sourire sous les rayons ultraviolets. Comme elle le fera demain à la plage, comme elle le fera en boîte samedi soir.

Le sourire est parfait. Il n'y a rien à redire.

Elle paye avant d'aller un peu se vendre encore.

Transcal

Au collège, Georges, alias Shania, avait souffert des coups durs des garçons, et des coups bas des filles. Mais aujourd'hui, il n'était plus un homme, il n'était pas une femme, il n'était plus un trans. Il n'était plus un blanc, il n'était plus un noir, il n'était plus métissé. Il était juste l'une des trois mille personnes, avec les mêmes tricots, les mêmes lunettes et les mêmes foulards pour la course. Les fameux seaux de poudre rose, verte ou bleue avaient provoqué les hurlements des jeunes gens venus pour s'amuser, et recouvert les peaux de toutes les couleurs. Blanches les dents, noires les pupilles, et les visages multicolores. Au cœur de cette humanité, unifiée pour quelques heures, Shania souriait. Tous enfin ne faisaient qu'un peuple. Tous étaient de la Rainbow race.

À chacun sa bière

C'était une poubelle peuplée de mouches. Elles s'envolaient par centaines quand on approchait. Du fait, on n'approchait point. Sauf Juju qui descendait de son camion pour saisir la poubelle et ses insectes qui grouillaient de partout. Juju avait l'habitude. Il apprécia la canette de bière laissée par le propriétaire sur le muret, tapa sur la benne pour que la poubelle se verse. Des déchets pourris, des carcasses, des produits chimiques, Juju avait tout vu. Mais, pour les animaux vivants, il avait un protocole. Il rattrapa, au dernier moment, le chiot apeuré que le propriétaire avait jeté au fond de la poubelle. Juju nota soigneusement l'adresse. Il reviendrait dans la nuit de mercredi à jeudi : il s'occuperait de cette ordure. Il remplirait la poubelle, puis, à l'aube, il passerait avec le camion. Le propriétaire, broyé dans la benne, disparaîtrait dans la décharge avec les autres merdes de son espèce. Merci pour la bière, mon pote ! Et à charge de revanche !

Le vide de l'esprit

Marine revient de son yoga. Un petit thé au coucher du soleil conclura cette journée de sérénité. Elle s'installe sur la terrasse avec vue. Ici, les pailles sont en papier, la nappe en tissu, la table en bois de bateau recyclé. Son amie Christelle est passée ; elle a laissé des croquettes végétariennes pour le chien. Qu'il est bon d'être en phase avec les éléments, la planète, l'univers ! Un cafard vole de travers, s'accroche aux cheveux de Marine, qui hurle avant de l'envoyer valser sur la vitre. Son fils Théo connaît bien la phobie de sa mère : d'un coup de claquette ajusté, il écrase l'insecte, qui craque sous l'impact.

— Namasté, salue Marine, soulagée de retrouver son bien-être.

Un si grand cœur

Plus de zoo, plus d'aquarium, ma fille. Veux-tu voir des animaux emprisonnés, exploités, humiliés sous les regards complices des visiteurs ? Veux-tu croiser leurs yeux doux qui ont perdu l'espoir du dehors, d'une vie naturelle, sauvage et exaltante ? Veux-tu contempler ces bêtes désœuvrées, incapables d'exister en dehors de leur cage ? Oui, nous irons au cirque.

Il paraît qu'il y a l'homme le plus grand du monde.

Il chausse du soixante-douze. Ses chaussures sont cousues sur mesure. Cela doit coûter plus cher que des chaussures fabriquées à l'usine… Tiens, nous pourrions aussi visiter une usine.

Le temps de la clonisation

« Non à l'uniforme ! On est au lycée, et on a une personnalité ! », s'exclame Évan. La directrice roule des yeux : elle aurait aimé se démarquer de son prédécesseur grâce à cette nouvelle loi. Mais les jeunes rechignent, et le conseil de vie lycéenne s'éternise.

Sur le parking des étudiants, Évan fait biper sa voiturette pour savoir laquelle est la sienne. Devant le lycée, les chignons sont hauts, comme les pantalons qui découvrent des baskets à trois bandes. Des téléphones produits en chaîne vibrent dans les mains. En passant, Évan salue, dans la file de pick-up, celui qui appartient, pense-t-il, aux parents de Lénina — à moins que ce soient ceux de Léana. Ces derniers attendent, et peinent à reconnaître leur fille dans la foule. Derrière la vitre de leur voiture, ils répondent à Évan avec un grand sourire.

— C'est Éthan, le fils de Céline ? demande la mère de Vanina.

Mais non, c'est Érouan, le fils de Séverine ! répond le père.

Propriétaires terriens

Dernier lot disponible à Nouméa. Pour seulement 150 millions !

Voici l'entrée, bien agencée avec un rangement pour les bottes parce que, les jours de pluie, je ne vous cache pas que l'environnement peut être boueux. Non, Madame, ceci n'est pas un placard, c'est la servitude pour vos voisins du dessous. Vous aurez un peu de passage dans votre chambre aux heures de pointe. Sinon, c'est calme. Très calme.

L'un des avantages de vivre sous terre est de ne pas souffrir des nuisances du soleil. D'ailleurs, le propriétaire en R moins 12, l'étage juste en dessous, dort dix-huit heures par jour, ce qui prouve bien qu'il se sent à son aise.

Ah, Monsieur, au niveau des frais de syndic, s'ils sont un peu élevés, c'est qu'ils couvrent le nourrissage quotidien des lombrics, pour qu'ils n'envahissent pas votre habitation.

Nous avons un accord avec les Pompes funèbres du Caillou : pour éviter les dépenses supplémentaires, un caveau peut être annexé à votre appartement. Nos catacombes vont du F1 au F7, pour les familles nombreuses.

Bien entendu, si vous prenez cette option, vos frais de syndic se verront allégés !

Vous savez, de nos jours, la terre, c'est le seul investissement vraiment sûr.

Une rencontre

Jean-Jacques s'était dit que c'était un bon lieu. Romantique, mais pas niais, isolé, mais pas trop, au fond du quartier de Nakutakoin. Il passa le grand portail tout rouillé qui limite l'accès à la plage. Sur le chemin, noir de boue, il distingua un bouchon de plastique rouge. Il le ramassa. Il n'y avait absolument personne.

Tout à coup, il aperçut la femme au loin, comme un point rouge. Elle avait dit qu'elle porterait une robe rouge.

Pourquoi avait-il accepté que sa fille l'inscrive sur un site de rencontre ? Il fallait maintenant qu'il avance et qu'il parle à cette inconnue, lui qui, depuis son veuvage, n'avait plus adressé la parole à personne. Il avisa le bouchon dans sa main. Rouge, comme ce point qui s'avançait vers lui, inadéquat en ce lieu, désagréable à la vue. Oui, cette femme était comme ce bouchon, inutile pour lui. Il n'en fallut pas plus pour le décider. Il ne parlerait pas à cette femme. Il l'ignorerait, ferait semblant d'être là pour autre chose. Il n'eut pas besoin de feinter.

La femme passa tout droit, sans même ralentir. Elle tenait à la main une bouteille en plastique : usée, vieille, cabossée.

Elle la jeta à la poubelle, sans un coup d'œil pour lui.

Une polissonnade

On débarque les glacières. Clara tire sur l'une d'elles et laisse une longue trace dans le sable, comme un boa géant. Sa copine Zoé porte, en riant, les tentes à déplier. Le campement se tiendra là, trois jours. Les bières au frais, les enfants au soleil. Rougeauds, presque oubliés, ils courent. Leurs aventures sur l'îlot seront-elles plus palpitantes que celle du papa de Zoé et de la maman de Clara ?

La butte

Cela faisait plusieurs semaines que je voyais les voitures disparaître dans les méandres de la butte de Koutio, et réapparaître, loin devant moi, dans la file d'automobilistes prisonniers des embouteillages. Aujourd'hui, j'ai suivi une voiture. Elle s'est engouffrée dans le raccourci sans même un clignotant. J'ai fait de même dans cette rue en sens unique, qui n'en finit pas de monter et de tourner. La voiture devant moi virait sans prévenir, à droite, à gauche, sans logique apparente, comme mue par une volonté propre. Très vite, je ne l'ai plus vue. J'ai ouvert les fenêtres pour me guider au bruit, dans une descente interminable. Bientôt, je me suis retrouvé seul, à tourner au hasard des ruelles. Personne dans les rues et ces maisons aux volets fermés… J'ai essayé de toujours prendre à droite, mais je ne tournais même pas en rond. Les paysages changeaient imperceptiblement : un mur plus gris, un portail moins rouillé, un graffiti plus grand… Le soleil est haut à présent, et je tourne toujours. Demain, je tente le Néobus.

Une vie de chien

Ils sont incompréhensibles, mettent au ciel des lumières artificielles. Quand il y a la foudre, ils grommellent. Et quand il pleut fort, c'est un temps à ne pas me mettre dehors. Pourtant ils me laissent, là, sous le carport. Ils me rationnent sur mes gamelles et, pour leur part, ils ripaillent comme les oies grasses qu'ils avalent, quand arrive le mois de décembre, puis geignent après leurs kilos pris. Si j'aboie, je fais trop de bruit, mais avec leurs pétards et leurs fusées, ils me terrorisent chaque année. Franchement, si je n'étais pas baptisé du nom qu'il y a sur mon collier, je deviendrais fou, athée, méchant pour échapper à Noël et à Nouvel-An.

Le partage

— Le bord de route m'appartient. Faudrait pas s'imaginer qu'on peut y cueillir mes bananes. Si j'avais su, j'aurais monté la garde.

L'autre ne répond rien. Il sort de son jardin, entre chez le voisin, avise l'herbe et coupe un brin.

Le ton monte, le gazon descend.

L'homme brandit le sabre et l'abat sur un arbre. Une branche choit, la colère gronde.

Les jardins des deux voisins se retrouvent nus de végétation. Craignant pour leurs queues, les chiens se sont blottis dans leurs niches respectives.

La lame tombe sur la main, la main tombe sur le visage, le visage tombe sur le nez, le sang coule du nez, du visage, de la main, de la lame.

Deux hommes massacrés sur des terrains déserts sont retrouvés dévorés par leurs chiens respectifs.

Moralité : il faut garder la banane.

Luc Deborde

Sous le miroir

De tous les habitants d'ici-bas, il était le seul à pouvoir franchir le miroir pour explorer le monde d'en haut.

Le soir venu, chacun le pressait de raconter la poésie du ciel étoilé, la moiteur des brises marines, la violence des vagues énervées, la caresse brûlante du soleil, le parfum des frangipaniers

Et le serpent tricot-rayé racontait, racontait, enchantait et faisait rêver. Il médusait la loche et la raie, faisait rire les poissons-clown et ravissait les perroquets. Voilà même que la sombre murène trouvait du charme à ses écailles marbrées.

Jamais il n'avouerait son terrible secret : depuis longtemps, ses beaux récits ne se nourrissaient que de souvenirs. Du monde d'en haut, il ne voyait désormais qu'un pauvre rocher isolé. Quelques souris venaient parfois ramper sous le chapeau de l'aquarium, mais elles ne comprenaient pas sa langue.

Alors, sous la maigre chaleur d'une ampoule blafarde, il inventait d'autres merveilles.

Sans compassion

— J'comprends pas pourquoi elle a eu peur. C'est pas parce qu'on a un sabre d'abattis qu'on a de mauvaises intentions ! Moi, j'voulais juste lui ouvrir un coco pour la faire boire. J'étais habillé normal : short et T-shirt. Pas comme vous avec vot' robe de sorcier. Ça oui ! ça, ça fait peur !

— Continuez comme ça, et je vous accuse d'outrage à magistrat.

— Ahou, pardon, m'sieur l'juge. J'voulais pas vous vexer, c'est juste pour expliquer.

— Donc, elle a eu peur. Et elle est partie en direction de la route.

— À fond la caisse. Mais si Jeanjean avait pas roulé si vite…

— Vous êtes conscient de votre responsabilité ?

— Pourriez avoir un peu de compassion, m'sieur l'juge ! Elle est morte, quand même !

— Monsieur Jeanjean a été blessé et son véhicule a été endommagé. Cette vache vous appartenait, vous êtes donc responsable des dégâts causés par la collision. Vous le rembourserez. Affaire suivante !

Bêtement méchant

Du pauvre couillon, Raymond ne voyait que le torse et la jambe gauche. Au-dessus de lui, dans un équilibre de toute évidence provisoire, une immense pile de cartons de *Number One* oscillait dangereusement. N'importe qui — Raymond lui-même, en temps normal — aurait crié « Hé, attention ! Poussez-vous ! Ça va tomber ! » Mais Raymond ne disait rien. Il regardait la pile faisant ses va-et-vient comiques, et se réjouissait de la catastrophe annoncée. Sans raison. Il n'avait rien contre le pauvre type qui allait se faire fracasser, il ne le connaissait pas. Mais le drame à venir l'amusait irrésistiblement.

Emporté par son excitation, à deux reprises, il frappa le plancher de son pied. Curieusement, le gars d'en face fit la même chose au même moment. N'attendant que le prétexte des vibrations ainsi provoquées, la pile bascula et l'engloutit sous sa masse. Raymond, la nuque brisée, eut à peine le temps de comprendre qu'il se trouvait face à un vieux miroir, oublié au fond du dock.

Comment j'ai noyé le poisson

— Je voudrais de la morue non salée, ai-je demandé au poissonnier.

— Ça, ça existe pas, m'a-t-il répondu.

Et, plein de la délicieuse suffisance que donne le fait de posséder un savoir que l'autre ignore, il a ajouté :

— La morue, c'est du cabillaud salé. Alors, si c'est pas salé, c'est pas de la morue, c'est du cabillaud. J'ai du cabillaud congelé, si vous voulez.

J'étais penaud. Incarnant avec honte la célèbre déficience de l'homme local face à la supériorité inaliénable du Zoreille, je m'excusai :

— Désolé, je ne savais pas. Alors, je veux bien cinq cents grammes de cabillaud congelé.

Il s'exécuta, fier de m'avoir donné la leçon. Il aurait dû en rester là, mais, tandis qu'il encaissait ma monnaie, il eut le tort d'ajouter :

— De la morue non salée, pfff…, c'est un pléonasme !

— Pardon, monsieur, mais d'après ce que vous m'avez expliqué, il s'agit plutôt d'un oxymore.

Sur ce, dédaignant son regard de merlan frit, je suis reparti d'un pas tranquille avec mes cinq cents grammes de morue non salée et mon orgueil ressuscité.

Pourquoi les hommes ont-ils des tétons ?

Chaque jour, aux environs de dix-huit heures moins cinq, ma tendre chérie me demande : « Qu'est-ce que tu as envie de manger ce soir ? »

Bon sang ! Ce que cette question peut m'énerver !

Je tente parfois de m'en sortir par un : « Fais ce que tu veux. Ça me plaira de toute façon. » Elle me dit alors : « C'est toujours moi qui cuisine ! Tu pourrais au moins me proposer des idées… » Mais si j'essaie « Fais-nous du bœuf bourguignon », elle me rétorque qu'on n'a pas de bœuf dans le frigo. Et pas de Bourguignon non plus.

Qu'est-ce que j'en sais, moi, de ce qu'il y a dans le frigo ? Je m'en contrefous ! De toute façon, c'est toujours elle qui prépare à manger.

Alors, ce soir, à dix-huit heures moins dix, juste avant la question fatidique, je suis allé dans la salle de bain où elle passe la plus grande partie de sa vie et je lui ai demandé « À ton avis, pourquoi les hommes ont-ils des tétons ? »

Elle m'a dit : « C'est pour vous rappeler que vous êtes des femmes ratées ». Je lui ai dit que c'était stupide. Ça l'a vexée, elle s'est mise à pleurer et a couru se réfugier dans la cuisine. Et, comme il fallait bien qu'elle s'occupe pour se changer les idées, le problème était réglé.

Martine à la ferme

Martine était crémière et barattait du beurre, et bien qu'elle fut jolie et d'une humeur plaisante, elle travaillait beaucoup, y mettant tout son cœur, et n'avait pas le temps de jouer les amantes.

Au temps des colonies, abandonnant Palerme, elle vint vivre à Saint-Louis, dont elle géra la ferme.

De longues années passèrent. Elle était toujours seule, jusqu'au jour où un homme enfin la courtisa, lui fit de beaux discours, lui offrit des glaïeuls et, par un beau matin, sa main lui demanda.

Il était repenti et, bien qu'ancien forçat, savait être poli et même délicat.

L'hymen inattendu émut notre ingénue. La voilà qui prend soin de son beau soupirant, lui prépare des tartines sous le soleil levant, lui offre, sans attendre, son corps tendre charnu, le couvre de baisers, le noie sous les caresses, et partage avec lui ce qu'elle a de richesses.

Le lecteur attentif aura déjà compris que le fameux dicton est ici contredit.

On peut avoir le beurre et en avoir l'argent, et aussi la crémière, avec de l'entregent.

Dans le monde rouge du Sud

Dans le monde rouge du Sud, il y a une très longue piste rouge qui traverse une vallée rouge encadrée de deux montagnes absolument rouges.

Sur cette longue piste rouge, une voiture rouge, conduite par un gros bonhomme tout rouge, file à une vitesse folle, son compteur en zone rouge.

Soudain, le conducteur s'arc-boute sur le frein et, après un dérapage acrobatique dans la poussière rouge, parvient *in extremis* à arrêter son bolide rouge devant un stupide chien bleu, immobile au milieu de la piste.

— Qu'est-ce qu'il fout là, ce con ? s'exclame le gros bonhomme, encore plus rouge dans sa voiture toujours rouge.

Puis, après un court temps de réflexion :

— Il a dû se tromper d'histoire.

Botte secrète

J'ai beaucoup voyagé, ces dernières années, et où que j'aille, j'ai trouvé partout des Italiens. Animés, volubiles et souvent très élégants, on les repère facilement. À Paris, on entend tout le temps parler italien. New York est bourré d'Italiens. Le Japon n'a que peu de touristes, mais ils sont toujours italiens. À Sydney, on mange désormais italien à toutes les portes, et Nouméa n'est pas en reste. Sans parler de l'Italie !

Un jour que je rentrais chez moi après un périple à l'étranger, en ouvrant la porte du salon, j'ai remarqué une bosse sous le tapis.

J'ai soulevé le tapis. Dessous, il y avait un Italien.

J'ai soulevé l'Italien.

Dessous, il y avait une Italienne.

J'en avais assez de trouver des Italiens partout, alors j'ai mis l'Italien dehors.

Depuis, je mange des pâtes tous les jours et j'apprends l'italien.

Inventaire

Une plage.
Deux verres.
L'horizon.
Un maillot qui s'envole.
Un réveil qui sonne.
Une frustration.

Un juron.

L'ascenseur

À chaque fois que j'emprunte une cabine d'ascenseur, je repense à la théorie de mon ami Jérôme. Il dit qu'une fois que les portes se sont refermées et que l'engin se met en branle, nous ignorons où nous nous rendons vraiment. Après tout, la cabine est tout à fait close, étanche au monde extérieur. Une mécanique perverse, profitant de notre aveuglement, de notre isolement et de notre incapacité à saisir exactement ce qui se passe, pourrait parfaitement déplacer la cabine d'un immeuble à l'autre, pendant que nous croyons simplement franchir quelques étages.

Moi, par exemple, je m'imagine habiter au 5, rue Gabriel Laroque, dixième étage, car c'est bien par le rez-de-chaussée du 5 que je monte dans mon ascenseur. Mais, si ça se trouve, mon appartement est situé au 6 ou au 7, ou même dans une autre rue. Si ça se trouve, l'ascenseur est une sorte d'engin transdimensionnel qui me fait franchir des distances hallucinantes, ou me transporte dans un univers parallèle.

Ça s'immobilise et les portes s'ouvrent. J'inspecte le couloir qui mène à l'entrée de mon appartement. Rien de suspect.

C'est drôlement bien fait, leur truc.

Un contre tous, tous contre un

Je me souviens très clairement qu'à l'âge de cinq ans, j'entretenais des pensées paranoïaques. Et, paradoxalement, ces pensées me rassuraient. Elles expliquaient tout : pourquoi je me sentais différent, pourquoi j'échouais dans mes projets, pourquoi je me sentais mal-aimé et incompris… Tout cela était voulu et calculé par *les autres* qui complotaient contre moi. Du coup, mon angoisse existentielle disparaissait : tout prenait sens, même si c'était un sens artificiel.

Les complotistes ne font pas mieux. Selon eux, nos malheurs sont organisés par les *Illuminati*, les hommes-reptiles, les multinationales et/ou la CIA. L'objectif est toujours le même : fournir des explications à ce qui ne va pas, désigner un responsable contre lequel on pourra diriger sa colère et son incompréhension. Ne plus être perdu, se dire qu'on sait, qu'on a compris.

Les complotistes m'agacent, parce qu'ils sont lâches. Ils n'ont pas le courage d'affronter la vie dans sa fabuleuse complexité. Ils trompent leur angoisse existentielle par des bricolages imaginaires.

Quant à moi, je vois clair dans leur jeu : ils voudraient me faire retomber dans la paranoïa.

Ils s'organisent sournoisement dans ce but. Mais ils ne m'auront pas !

Ha, ha !

Jamais !

Dans le monde bleu du Pacifique

Un homme bleu, immobile, est assis sur un banc bleu. Face à lui, l'océan, immensément bleu, épouse le ciel bleu.

Mais l'homme ne voit rien.

Ses yeux bleus sont aveugles et pleins de larmes.

Il a perdu son chien…

Bleu.

Tout est permis

16 juillet 2037. Henawatr et Philippe sont à bord d'un hydroglisseur qui file à toute allure vers le Mont-Dore.

— Alors ? Ça y est t'as ton permis ? demande Philippe.

— Je l'ai raté. Deux cent soixante auteurs à connaître par cœur, huit cents livres à lire (dont quatre cents que j'ai détestés), une maîtrise parfaite du subjonctif passé et des formes pronominales, sans parler du modèle actantiel de Greimas… pfff ! Ce fichu permis d'écrire est vraiment difficile à obtenir ! Mais tu sais qu'aucun éditeur n'accepte plus de manuscrits d'auteurs non qualifiés, alors je n'ai pas le choix. Je le repasse dans six mois.

— C'est mieux comme ça. C'était franchement pénible, ces gens qui se prétendaient écrivains après avoir lu deux bandes dessinées. Grâce au permis, les auteurs savent à nouveau écrire, et le niveau des publications a grimpé d'un coup.

— Peut-être. Mais même quand je l'aurai, rien ne me garantit que mes manuscrits seront acceptés et publiés.

— Ha bon ?

— Ben non. Il faut raconter des trucs intéressants. C'est pour ça que j'ai volé cet hydroglisseur. Ça va me faire une histoire géniale !

— Et le permis de conduire, tu l'as ?

— Ha, ha ! Même pas. C'est ça qui est bien !

Remonter le temps

— Tu dis que si j'entre là-dedans, je peux remonter le temps ?

— Jusqu'à quatre mille ans, à peu près. Au-delà, c'est un peu hasardeux.

— Et je pourrais rencontrer des hommes célèbres et parler avec eux ?

— Les rencontrer, oui. Les écouter, aussi. Leur parler, pas vraiment.

— Ah… Et les paradoxes temporels ? Tu sais, le truc où je tue mon grand-père, du coup, mon père ne peut pas naître et donc, moi non plus, et donc, je ne peux pas aller tuer mon grand-père, et donc…

— Aucun souci. Tu visiteras le passé, tu revivras les événements les plus importants, mais tu ne pourras rien changer.

— Et tout sera vrai ?

— Il y a parfois un phénomène de distorsion. Assez souvent, en fait.

— Et comment tu dis que ça s'appelle, ton truc ?

— La bibliothèque Bernheim.

Le rêve d'Ouli

Ouli partait au champ chaque matin, pour entretenir ses cultures. Son travail lui permettait de nourrir sa famille, mais il passait toutes ses journées seul, et il rentrait chaque soir si fatigué qu'il n'avait même plus la force de rêver. Un jour, il se dit : mes ignames, mes taros et mes bananes poussent parce que je les ai plantés et que je m'en occupe. Alors je vais planter un rêve et je vais m'en occuper, et ainsi, je pourrai nourrir mon esprit et ceux de ma famille.

Le jour suivant, en arrivant au champ, il se coucha sur le sol, se couvrit d'une grande feuille de bananier pour se protéger du soleil, et s'endormit. Comme il n'était pas encore fatigué par son travail, il fit un beau rêve qui se planta droit dans le sol.

Il lui mit un tuteur et s'en occupa chaque jour.

Et un jour, son rêve fut si grand qu'il put nourrir tous les esprits de la tribu.

Ou bien, elle…

Mes souvenirs de cette nuit-là sont assez confus.

Il faisait chaud et la pleine lune se reflétait sur le lagon. J'ai grimpé vers la crête sud pour profiter de la brise légère qui y souffle sans cesse. J'aime ces heures où les insectes dorment. Le temps se balançait paresseusement sous le ciel étoilé, semblant hésiter sur la direction à prendre. Je montais, je montais, et le monde se révélait à moi dans sa beauté grandiose.

Une jeune femme se tenait au sommet, nue, parfaitement immobile, comme si elle m'attendait. Son regard était doux. Elle s'est approchée et, voyant que je l'accueillais, elle a posé la main sur ma joue et m'a souri. Puis elle a bondi sur mon dos et m'a encouragé à avancer. Je voyais ses mains dans ma crinière et, soudain, c'est moi qui serrais fermement ses flancs entre mes jambes. Nous avons galopé tout au long du chemin qui redescendait vers la plage.

Mais qui courait ? Je ne sais plus.

Je ne sais pas si c'est moi qui ai rêvé. Ou bien, elle.

Entre-deux

D'abord, il a dessiné un cercle.

Et juste à côté, un autre cercle.

Entre les deux cercles, une forme allongée qui se dressait, rigide.

Et, à la base, une sorte de touffe de poils.

— C'est une arme de guerre, m'a-t-il dit, fier de lui.

C'était un canon dont la mèche crépitait.

Je me suis dit qu'avec les mêmes éléments, on aurait pu faire quelque chose de mieux.

Dans le monde orange

Dans le monde orange, il y a une très longue route orange qui traverse une vallée orange encadrée de deux montagnes absolument orange.

Sur cette longue route orange, un gros bonhomme orange conduit prudemment sa voiture orange.

Sa prudence est bienvenue.

Car, soudain, au beau milieu de la route orange, surgit un petit bonhomme vert.

Le gros bonhomme orange arrête son véhicule orange à côté du petit bonhomme vert, baisse sa vitre et lui dit :

— Vous vous êtes trompé d'histoire, pas vrai ? Vous venez du monde vert ?

— Pas du tout, lui répond le petit bonhomme vert. Je suis un extra-terrestre, je viens de Mars, la planète rouge.

Anako m'a dit...

Quand Anako s'est mis à apprendre l'anglais, il le parlait couramment au bout de six mois. Moi, des années après, je le balbutie encore. La peau d'Anako a la couleur du chocolat. Il est beau et fort, alors que je suis pâle et malingre. Anako fait tout mieux que moi. Aujourd'hui, il dirige l'entreprise touristique dans laquelle je travaille. Je suis à l'accueil et je réponds au téléphone. Je lui ai demandé comment il faisait pour réussir aussi bien. Anako m'a dit : « Je sais d'où je viens et j'en suis fier. Mes racines sont comme celles du banian, longues et profondes. Toi, tu es comme un cocotier, tes racines sont en boule, recroquevillées sur elles-mêmes. Dès qu'il y de la pluie et du vent, tu te couches. Moi, quand j'ai des difficultés, je rentre dans ma tribu, je m'allonge dans ma case et j'y retrouve ma force. Tu veux savoir ce qu'il te manque, mon ami ? Il te manque une case. »

L'envol

Juché sur les épaules de la belle Céleste, Jean-Michel fut soudain pris d'une illumination fulgurante.

Il déclama avec emphase :

— En vérité, mes frères, je vous le dis, je suis l'homme qui succède à l'homme. Jusqu'alors, il y eut homo sapiens sapiens. Je suis homo sapiens sapiens sapiens, l'homme supérieur. Ce soir, je déploie mes ailes et je m'envole par-dessus la ville.

Puis, glissant maladroitement sur le corps lisse de la statue, il en descendit avec une prudence et une lenteur qui contredisaient un peu ses propos. Il avait néanmoins le menton haut et le front fier lorsqu'il traversa le bassin de la fontaine et posa ses pieds dégoûtants, mais sauvagement conquérants sur les pavés de la place.

— Mes yeux voient jusqu'à l'infini, mes oreilles perçoivent les pas des fourmis chinoises. Ma conscience visite les soleils de la galaxie d'Andromède. Tremblez, simples mortels, car mon temps est advenu et, bientôt, je supplanterai votre misérable engeance.

Sur ce, il perdit l'équilibre et retomba tête en avant dans la fontaine, s'assommant au passage sur son rebord de pierre.

C'est ainsi que l'homme supérieur disparut et que l'humanité en resta là où elle était.

Quant à savoir si c'est dommage…

FIRMIN MUSSARD

La voiture

Ce matin je suis de corvée d'eau. Je partirai avant l'aube, mes deux bidons liés par une corde me passant sur la nuque, ma perche tenue comme une lance prête à pourfendre les ténèbres. Mon masque soigneusement ajusté me protégera des brouillards mortifères qu'exhale le grand cratère. J'éviterai ainsi les secteurs que tiennent les marau-deurs. Je prendrai la faille ouest, anticipant cha-cun de ses geysers d'acide, jusqu'au cercle où trois ou quatre escouades de mercenaires dépenaillés, garants du bien commun, perpétuent le souvenir de ce qui fut une nation. Ainsi, j'accéderai au puits. Au retour, je passerai par les sables, charriant mon propre poids. Grand-père affirme que peu de clans sont pourvus de porteurs aussi jeunes que moi, capables de soutenir l'effort du long détour dans ce terrain instable. Mais Grand-père n'a plus toute sa tête. Alors que j'enfile mes bottes en peau de chien, il se dresse sur sa couche et, à la lueur indécise de la fournaise, je capte son regard déconnecté du réel. Son esprit en déroute puisant dans des pans de sa mémoire imprégnée de temps révolus, il me lance :

— C'est loin, là où tu vas, petit. Pourquoi tu ne prends pas la voiture ?

L'oxygène

Lorsque j'étais au 2ᵉ RFP, le 19 mai 1978, j'ai sauté sur Kolwezi. L'oxygène est vraiment à son maximum ? L'odeur de mort qu'exhalait la ville me poursuit depuis quarante ans, et je crois que je l'emporterai avec moi là où je vais, où que j'aille. Quand j'ai eu fini mon temps, je suis arrivé ici et j'ai monté une boîte de sécurité et de protection rapprochée, une des premières sur le Territoire, en 1991. C'étaient encore des années faciles, mais les gens n'étaient pas tranquilles, j'ai rapidement gagné énormément d'argent. J'ai fait construire une grande villa dominant la mer, acquis une vaste propriété en Brousse, acheté des appartements sur la Gold Coast. J'ai eu une femme superbe, une progéniture brillante, des maîtresses torrides. Qu'ajouter de plus ? Je respire de moins en moins bien. Chevalier de la Légion d'honneur, vice-président d'un club de service. Je crois que c'est tout.

L'oxygène est à fond ? J'ai déjà posé la question. Alors, c'est que j'étouffe et que c'est déjà la fin. Et cela explique que vous ne puissiez plus voir en moi qu'un vieil homme, qui court après son dernier souffle…

La chemisette

Il avait longtemps hésité entre sa préférée, celle à larges carreaux, cent pour cent coton et teinture d'indigo, la beige à poches plaquées et boutons métalliques apparents, et celle en lin d'un vert d'eau à laquelle les passages en machine semblaient avoir apporté une sorte de patine confinant au vintage. L'été austral touchant à son apogée, il avait éliminé la bleue en popeline de soie, et la blanche à col officier — il préférait cette appellation à celle évoquant le grand timonier —, selon ses convictions, l'une et l'autre inadaptées à la saison, puisqu'à manches longues. Finalement, pour ce premier rendez-vous, celle qui lui parut convenir le mieux était la noire : un achat récent, une coupe western assez ajustée, qui mettrait en valeur sa musculature de nageur et le teint doré que lui conférait une exposition raisonnée au généreux soleil de février.

Elle sut immédiatement que ce ne serait pas possible. Selon ses canons, aucune circonstance, fût-elle exceptionnelle, n'excusait la faute de goût que constituait le port d'une chemise à manches courtes.

Le pire

Il crut avoir touché le fond lorsqu'il vomit sur ses chaussures en cuir neuves. Tout ça pour une fille ! Il s'installa au volant, pieds nus. Il pensa une première fois que le pire était arrivé lorsqu'il aperçut le barrage de gendarmerie, et une seconde fois lorsqu'il l'eut forcé. Les motards avaient la pluie contre eux, mais ses réflexes le trahissaient. Pouvait-il y avoir maintenant plus grave que le pick-up de son père partant en dérapage, dévalant le talus en une série de tonneaux, et s'immobilisant fumant, dans un fracas d'acier tordu, contre le tronc d'un manguier ? Il lui sembla se réveiller. Il reposait sur la portière côté conducteur. Du sang lui poissait le visage. Côté passager, la vitre avait explosé, révélant, par-delà le feuillage de l'arbre, un ciel opaque d'où il sentait sourdre la pluie. S'extraire par cette ouverture ? C'était compter sans cette chose devenue, à mi-cuisse, molle, broyée comme dans une série d'étaux et rétive à toute commande qu'était devenue sa jambe gauche. Il murmura :

— Au moins, il ne peut plus y avoir pire…

C'est alors que le véhicule s'embrasa.

La sérénité

Il se sentait cool, vraiment cool. Il faut dire que c'était de la bonne, des têtes qu'un cousin lui avait rapportées d'Ouvéa et avec lesquelles il s'était roulé un one monumental, à peine coupé avec quelques brins de tabac, et qu'il se grillait seul, assis en tailleur, face à la mer.

Une aube indécise peinait à déchirer une chape de nuages bas, le lagon semblait écrasé par un air immobile. Il aspira une taffe, se sentit de plus en plus cool, en harmonie profonde avec le cosmos. Il ricana. Au loin, deux silhouettes trottinaient sur la plage, cherchant elles aussi, peut-être, dans l'exercice, une improbable harmonie. La course à pied, le sport, l'effort d'une manière générale, il les leur abandonnait bien volontiers ! Lui, pour être cool, il avait trouvé la solution !

Les deux coureurs s'approchaient de lui et il s'aperçut qu'ils regardaient dans sa direction.

Il s'agissait de deux policiers terminant leur entraînement matinal, et qui n'avaient pas prévu de débuter leur journée aussi tôt.

Les cailloux

Ils avaient lu le *Supplément au voyage de Bougainville* dans une édition enjolivée de gravures du XVIIIᵉ siècle. Ils s'étaient délibérément trompés d'archipel, et de siècle. Ils n'avaient voulu voir, dans la vacance simultanée de deux postes d'infirmiers dans un dispensaire de la côte Est, que la perspective d'une nouvelle vie d'aventures, loin de Neuilly-sur-Seine. Ils s'étaient fermés au discours des quelques fascistes et racistes croisés au chef-lieu, et avaient débarqué un dimanche matin au village de H.

L'après-midi, ils découvrirent une charmante petite plage de sable fin, totalement déserte, bien qu'à deux pas de la route. Ils se dévêtirent entièrement et s'allongèrent au soleil sur leurs paréos.

Anne-Charlotte murmura :

— Car n'est-ce pas ainsi qu'en usent les Naturels ?

Sa main frôla celle de Damien, qui sentit poindre les prémices d'une érection.

Provenant des fourrés, une grêle de cailloux s'abattit sur eux, avec la soudaineté d'une entrée dans l'orage.

Ce n'était que le début.

Les nœuds papillon

Elle aimait la soie, les motifs cachemire, jugeait la cravate ringarde. Mais, mis à part dans la sphère intime, elle manquait d'imagination. Elle nous avait donc offert, à son mari et à moi-même, strictement le même nœud papillon. Je ne connaissais que de vue le futur confrère dont j'entretenais l'infortune, chef vieillissant du service d'urologie, voisin de celui, d'orthopédie, où j'achevais mon internat.

Tous les moyens étaient alors permis aux laboratoires pharmaceutiques, s'agissant de s'attacher les bonnes dispositions du corps médical. L'arrivée sur le marché d'un nouvel anticoagulant réunit un soir tout ce que l'hôpital abritait de prescripteurs potentiels, appâtés par la perspective de fastueuses agapes et libations. J'étrennai naïvement le cadeau de ma maîtresse.

J'en découvris de loin la réplique portée par son mari, sitôt entré dans la salle avec un groupe de camarades. Je relevai le col de ma blouse, me détournai et piquai du nez dans un verre.

Une bourrade magistrale m'invita à faire face. L'urologue me darda un œil narquois et lâcha :

— Heureusement, jeune homme, qu'elle ne nous a pas offert des cravates : nous disputerions à savoir qui a la plus longue !

La dérivante

Elle aurait dû rester collée à la paroi, comme recommandé par le moniteur. Tenter d'approcher la raie manta dans la passe avait été un mauvais choix. Regagner ensuite le tombant s'était avéré impossible, le courant l'ayant entraînée en quelques minutes à l'extérieur du lagon.

Elle n'avait pas paniqué, était remontée sans se presser, en effectuant son palier de sécurité. Elle regrettait de ne pas avoir acheté de parachute, d'autant que la mer semblait se lever. Allait-on rapidement la repérer ? Il lui manquait également un miroir.

Elle s'éloignait à présent de la côte, confortablement calée dans son gilet, scrutant alternativement le vide du ciel et les minutes qu'égrenait son ordinateur, calculant le temps nécessaire à la palanquée pour réaliser sa disparition, puis aux secours pour se lancer à sa recherche.

Et elle se demanda soudain ce qui, pour une personne dans une situation telle que la sienne, distinguait celle qui allait survivre de celle qui n'allait pas s'en sortir.

Les chaussures

Une paire de chaussures pouvait-elle être considérée comme une arme par destination ? Le procureur l'affirmait. L'avocat de la défense, sur des bases purement jurisprudentielles, tenta maladroitement d'argumenter le contraire. Démonstration malaisée, ne s'agissant ni de claquettes, ni de mocassins cousus main, mais de robustes chaussures de sécurité coquées acier, capables, dans le cas présent, d'éclater une rate et de provoquer l'expulsion d'un fœtus de cinq mois.

Le prévenu baissait la tête, le visage partiellement dissimulé par ses nattes. Pressé une dernière fois de s'expliquer, il risqua :

— C'était pas vraiment moi, j'étais saoul. Et puis, elle avait qu'à bien me parler, aussi !

La présidente s'agaça :

— Vous réalisez qu'à une demi-heure près, vous vous retrouviez en cour d'assises ?

Le violent haussa les épaules.

Il récolta cinq ans, dont deux assortis du sursis, avec mandat de dépôt.

Seule la greffière entendit la présidente commenter entre ses dents :

— Ça vous fera les pieds…

Les cafards

— Dis-moi, Grand-père, pourquoi il y a autant de cafards ?

— Ces arthropodes ont résisté à l'irradiation, contrairement aux vertébrés, presque tous éteints. C'était prévisible. Ce qui l'était moins, c'est qu'ils aient autant grandi, et avec eux leur principal prédateur, qui est la scolopendre. C'est elle, le problème, pour nous autres humains qui vivons dorénavant sous terre.

— Les cafards sont dangereux ?

— Pas tellement. C'est pourquoi les tirer au 22 long rifle n'a aucun sens. En revanche, une scolopendre adulte dépasse actuellement un mètre de long. Sa morsure venimeuse provoque presque toujours la mort, dans des souffrances horribles. Pour elle, le mieux, c'est le douze, graillé avec des balles ou du double zéro. Attention !

De l'autre extrémité du boyau de béton nous parvint le cliquètement régulier et rapide tant redouté. À deux mètres de nous, l'animal hésita, ralentit, dressa ses premiers segments en faisant claquer ses chélicères. Je me cramponnai au dos de Grand-père, encaissant avec lui le recul et le vacarme du coup de feu. Il arma le second chien. Il ne lui restait plus qu'une cartouche.

L'envie

Elle considéra son reflet dans la baie vitrée de l'aéroport, où sa fille ne l'avait même pas accompagnée : une grande femme, de belle allure, ayant depuis peu doublé le cap de la soixantaine, c'était visible. Elle savait qu'elle n'attirerait plus le regard que d'autres retraités comme elle. Elle avait essayé, plusieurs fois depuis son divorce, avait conclu que les hommes la dégoûtaient, à présent.

Elle s'assit à une table, commanda un cappuccino, le but sans envie. L'envie, c'était ça le problème, dorénavant. Elle aurait aimé allumer une cigarette, plus par réflexe qu'autre chose. Elle avait du temps, de l'argent, ses enfants enfuis au loin et son mari au diable. Elle ne manquait pas non plus de liberté. Alors, qu'est-ce qui clochait ?

Une famille passa, bousculant la chaise qui lui faisait face : un grand chauve barbu, une jeunette frisée, deux marmots mal fagotés, braillards, indisciplinés — pleins de vie…

Elle réalisa soudain qu'elle n'avait plus rien à attendre de l'existence.

Le bonnet

Elle le menait depuis toujours par le bout du nez.

Il prenait pour de la force de caractère que de cultiver les raisons de se conforter dans ses choix, excluant par là leur remise en question. Ainsi, bien des années plus tôt, il l'avait choisie — du moins lui en avait-elle donné l'illusion. Depuis, elle ne s'était pas donné la peine d'entretenir beaucoup de motifs à sa réassurance : elle le savait d'autant moins enclin à se dédire que sa décision lui avait paru difficile.

En effet, il avait cru hésiter entre elle et une fort jolie blonde aux cheveux courts, mais tellement mince qu'elle en paraissait maigre. Elle n'avait eu, pour l'emporter, qu'à lui mettre sous le nez, avec une désinvolte insistance, un argument de ceux auxquels cèdent la plupart des hommes : le parcimonieux 80 A de sa rivale s'était trouvé battu à plate couture par son irrésistible 95 D — victoire d'autant plus facile qu'il était peu expert en la matière.

Il avait mis deux ans à s'apercevoir qu'il s'agissait de prothèses.

La batterie

Johnny-Joe avait la haine.

Pas tant à cause de la baston de la semaine dernière, quand son cousin Glenn et leur pote Kitchine s'étaient fait nideguêper par la bande de racailles venue exprès de l'autre bahut. La vidéo avait tourné des jours sur le Net — pas loin de deux mille vues — et le plan très court et un peu flou, mais où on voyait quand même bien Glenn à quatre pattes essayant de ramasser ses dents n'en finissait pas d'être tweeté en boucle. Il n'avait pas tant la haine à cause des commentaires de ces crasses de meules clamant partout qu'ils s'étaient laissé astiquer sans rien faire comme des cornes molles, parce qu'on verrait bien qui c'est qui demanderait pardon, quand ils les auraient en face, ce qui n'allait pas tarder.

Rendez-vous avait été pris à la sortie des cours, c'est-à-dire maintenant, et ils allaient leur damer la gueule sévère, à ces bâtards. Et c'est bien pour ça que Johnny-Joe avait la haine : il montait à la baston, et la batterie de son téléphone était à plat !

La fenêtre

Il prendrait la mer ! Il se gorgerait de sel, de soleil et d'aventure, abandonnant le vieux monde aux tièdes et aux timorés. Seul sur la jetée, il bomba le torse face aux embruns, ivre de la vitalité de ses vingt ans, fier de son corps encore neuf, de son esprit toujours libre et de sa destinée vierge encore. Puis, comme le vent lui liquéfiait le nez, il battit en retraite dans une crêperie. Le lendemain, il prendrait le train à l'aube pour un entretien d'embauche, car il lui fallait amasser, en prévision de l'errance, un pécule.

Finalement, il obtint un CDI dans une quincaillerie à Amiens, grimpa les échelons, épousa une étalagiste, eut trois enfants, acheta un appartement, devint veuf, prit sa retraite au poste de chef magasinier, et fit un AVC. Ce dernier évènement le surprit alors qu'il posait ses valises à l'hôtel face à la jetée de ses vingt ans. Il fut transporté à l'hôpital, et c'est là qu'il s'éteignit, dans une chambre anonyme, le dos tourné à la fenêtre qui donnait sur la mer.

Le risque

Les probabilités semblaient lui sourire, du moins à en croire la toute nouvelle application chargée sur son téléphone, capable d'estimer sa longévité théorique à partir de critères statistiques : il ne fumait pas, ne buvait qu'occasionnellement, usait de préservatifs, s'exerçait en salle trois fois par semaine, n'était atteint à ce jour d'aucune maladie, bénéficiait d'un emploi stable et sédentaire. Tout au résultat final imminent, exigeant encore le rapport de son tour de taille sur son tour de hanche et son taux de cholestérol, il s'engagea imprudemment sur la chaussée.

Le risque qu'il soit percuté par un autocar affrété par les membres de l'amicale des cumixaphilistes de Nouméa, de retour de leur assemblée annuelle dans un camping de Yaté, paraissait infime. Celui que, projeté de ce fait à huit mètres de là, sa boîte crânienne entièrement disloquée par le double impact du véhicule, puis de la chaussée, il décède sur le coup, était en revanche considérable.

C'est ce qu'il advint.

La télé

Tombés en panne en face du récif du Prony, équipés en tout et pour tout d'un smartphone non étanche, ayant abandonné leur motomarine aux trois quarts immergée, ils avaient dérivé dans le canal de la Havannah accrochés à la selle de leur embarcation et avaient été récupérés *in extremis* par la SNSM au crépuscule, à proximité du phare de Goro.

Une équipe de télévision s'était jetée sur le couple de naufragés sitôt ceux-ci débarqués à Nouméa. La jeune femme tentait de faire bonne figure, drapée dans une couverture de survie comme dans une cape étincelante. De l'homme, qui utilisait la sienne comme une capuche dissimulant son visage, et avait conservé ses lunettes de soleil, les journalistes ne purent tirer que quelques grognements peu amènes. Ils ne réussirent à montrer de lui qu'une silhouette voûtée, tête et épaules couvertes de métal froissé d'où émergeait un tee-shirt noir indiquant « *My Life is a f…… Mess !* »

Tee-shirt qu'au JT reconnut immédiatement sa femme, qui le lui avait offert.

Le regret

Dommage, elle avait un joli petit cul…

Il considéra avec regret le corps de la femme allongée sur le ventre à côté de lui.

Dommage qu'elle l'ait repoussé, avec un mépris qui avait déclenché sa colère. Il avait dû la frapper, de plus en plus fort, pour la calmer, pour la faire taire, et pour qu'elle arrête de se débattre. Mais même plaquée au sol, la robe déjà troussée et la culotte arrachée, elle avait continué à crier, à l'injurier, à le repousser, à le griffer. Lorsqu'elle lui avait craché dessus, alors même qu'il venait de la pénétrer, il avait vraiment perdu son calme, et n'avait pas eu d'autre choix que de lui écraser le visage avec une grosse pierre. Alors, seulement, elle s'était tue, il l'avait retournée pour ne pas se salir avec son sang, s'était frayé son chemin et avait pu terminer ce qu'il avait à faire. Lorsqu'il s'était retiré, elle ne respirait plus.

Ce qui le chagrinait le plus, c'était l'idée qu'il avait peut-être possédé une morte.

Le bulletin

Les Vieux lui avaient dit : quand tu seras dans l'isoloir, mets dans l'enveloppe le bulletin vert — vert comme dans le drapeau Kanaky. Vert comme l'espoir, ils auraient pu rajouter, mais ça aurait prêté à sourire. Bien sûr, il n'était pas question de faire autrement, il fallait obéir aux Vieux.

Le bulletin bleu, c'était celui de la France, comme sur le drapeau tricolore. La France, le colonisateur, l'envahisseur, l'oppresseur, qui les avait spoliés de leurs terres, de leur dignité, de leurs droits. Mais la France aussi, avec sa police, sa justice et ses prisons, qui, peut-être, sauraient empêcher que ses filles endurent sans espoir de secours tout ce qu'elle avait dû subir. Elle hésita.

Elle plaça le petit bout de papier vert dans l'enveloppe, se ravisa, saisit le stylo-bille qui lui servait d'épingle à cheveux, et inscrivit en travers du bulletin, en gros caractères : KANAKY FRANÇAISE. Puis elle le remit dans l'enveloppe.

Un vote nul : elle ne s'en ressentait pas de faire mieux — ni moins.

Les prothèses

Ils ne s'étaient pas vus depuis quarante-cinq ans, lorsqu'il l'avait larguée, de manière un peu rude, à la décrue d'une liaison torride. C'était une époque de sexe pléthorique, l'exigence était permise, la jeune fille d'alors se montrait ardente, mais parlait trop, vraiment trop.

Leurs regards s'étaient croisés dans la foule, et le temps qu'il réalise qu'il s'agissait d'elle, souriante, radieuse, elle s'était plantée devant lui, et, interprétant sa surprise comme une invite, lui avait sauté au cou. Elle l'avait entraîné à la terrasse d'un café et avait entrepris de lui raconter, dans le détail et sans aucun respect de la chronologie, le presque demi-siècle qu'elle avait dilapidé loin de lui. Elle avait remarqué que sitôt assis, il s'était gratté une oreille puis l'autre, n'avait pas cherché à interpréter ce geste, toute à son récit.

Il s'était discrètement désappareillé. Entre-temps, il était devenu sourd.

Le carton

Elle arborait un sourire radieux. Son visage au teint mat s'encadrait de boucles brunes qu'un crépuscule d'été nimbait de chatoiements. Ses yeux noirs pétillaient — était-ce de bonheur ? Elle portait une robe bleu clair un peu courte, et s'appuyait sur les paumes, bras tendus derrière elle, jambes croisées, au capot d'une Simca 1100. Il murmura son prénom, ses yeux s'embuèrent et il se raidit, congédiant brusquement le fantôme. À supposer qu'elle vive encore, elle aurait aujourd'hui soixante-seize ans, et lui-même en accusait quatre-vingt-trois.

Il s'était maintes fois demandé ce qu'elle avait fait de sa vie, et ce que d'elle et de lui il aurait pu advenir, si…

L'enveloppe contenait d'autres photos d'elle, certaines, nue. Le carton contenait d'autres enveloppes. Il se dit qu'il convenait qu'il opère un tri de toutes ces images, qu'il n'en laisse derrière lui qu'un choix restreint, déterminant à jamais qui il avait aimé.

Il s'endormit sur cette promesse à lui-même, et ne se réveilla pas.

ROLAND ROSSERO

Le dernier mot

Ce matin, le chef du service d'oncologie du Médipôle de Koutio est ennuyé. Comment annoncer l'inéluctable à un malade ? Surtout une vieille dame aussi sympathique, exilée de sa Brousse natale depuis deux mois. Malgré un corps dégradé, elle garde une joie de vivre inextinguible. Pour preuve, son habitude de ne pas louper l'émission de jeu *Motus* où elle excelle à débusquer des mots en neuf lettres.

Il a entendu le générique entêtant du jeu qui passionne tant de patients à tous les étages. Il est donc 11 heures. En s'approchant de la chambre, le professeur cherche la bonne phrase pour cette mamie océanienne. Lui signifier un diagnostic terrible en douceur. Chercher des mots choisis, précis comme dans son émission fétiche. Il ouvre la porte de la chambre, la vieille dame a les yeux rivés sur les cases de la grille où un mot retors est à trouver. Avant qu'il ait pu proférer la moindre parole, les orbites creuses de sa malade s'illuminent. CARCINOME ! s'exclame-t-elle avec un sourire désarmant.

Coupe-faim

Ça aurait dû être une belle matinée pour ces deux jeunes gens en quête d'un coin tranquille près de la mangrove de Tina. Au menu dominical, un frugal pique-nique arrosé et plus si affinités. Ils se sont installés sur une natte, ont sorti deux bières fraîches de la glacière et commencé à se frôler. Histoire de s'ouvrir l'appétit et de se donner une contenance. Le jeune homme allait porter l'estocade mousseuse sur les lèvres entrouvertes de sa belle lorsqu'un groupe de jeunes est sorti des palétuviers, charriant des sacs volumineux pleins de déchets de toutes sortes.

Ils ont tout déversé dans une bâche, prévue à cet effet, et sont repartis pour une nouvelle récolte. Le lieu au départ idyllique ayant perdu de son aura et ayant gagné une fragrance malvenue, le presque couple a plié bagage rapidement.

Non sans avoir abandonné leurs deux canettes. Vides.

Uniformes

Drame de la jalousie lors du récent concours de Miss Calédonie ? C'est ce que la presse à sensation est tentée de mettre en une ce matin et les réseaux sociaux avides de croustillant en ligne, rapidement. En effet, hier, sitôt achevée la traditionnelle séance de photos autour de la piscine d'un cinq étoiles, une des douze concurrentes a été retrouvée sans vie, flottant dans le grand bain.

Ayant toutes le même maillot — un deux-pièces bien meublé —, le même maquillage appuyé gommant les métissages et des mensurations accortement adaptées aux deux pièces précités, il a fallu débarbouiller la victime, lui rendre son apparence naturelle pour s'apercevoir de son identité.

Restent onze clones tristes et… suspects.

Deux mains

Les bancs du taxi-boat sont bondés. Encore inconnus cinq minutes auparavant, ils se retrouvent assis et compressés dans un coin. Leurs cuisses se touchent. Un regard est échangé. Il lui prend délicatement la main et elle incline tendrement sa tête sur son épaule. Il ferme les yeux en se disant que finalement Dieu existe…

Mais son bonheur est de courte durée, la douleur lui traversant les reins comme chaque matin à son réveil. Il sort péniblement de son lit et contemple effaré sa minuscule chambre d'EHPAD. Même pas une fenêtre donnant sur le lagon. La pilule est dure à avaler. À propos, il en a tout un stock, caché dans un flacon, un cocktail détonant patiemment amassé.

Ses voyages temporels récurrents se faisant de plus en plus insistants, il vient de se décider. Le plongeon sera pour demain. Fermer les yeux et prendre sa main. Éternellement.

Jeu de paumes

Dans ce minuscule îlot à l'extrême nord de la Grande Terre, le médecin visite à chacun de ses passages une vieille femme impotente ne sortant plus de sa case. Une prise de tension, un mot gentil et le don de quelques médicaments placébo l'aident à terminer dignement une vie de labeurs et de peines. Quasiment aveugle, l'aïeule, devinant l'arrivée du praticien, se met à psalmodier un chant kanak. Dès la pose du brassard sur son bras décharné, elle caresse avec douceur de son autre main libre le haut de la cuisse du docteur agenouillé près d'elle. Et ce dernier, à son corps défendant, a une belle érection.

Une réaction physiologique dont elle constate avec dextérité la tension et qui lui étire un sourire édenté.

La sentinelle

Partant du faubourg Blanchot, les côtes sont raides pour tout véhicule voulant accéder à la Vallée des Colons. Quittant la rue du Port Despointes, l'une d'elles ne permet que l'usage de la seconde, car on manque d'élan pour la grimper. À mi-pente, dès le matin, un vieil homme observe tous les engins motorisés tentant l'escalade. La vitesse réduite lui permet de scruter les pare-brise et les conducteurs. Assis sur un muret, il garde la même position tous les jours, à croire qu'il occupe son quotidien à cela. Beaucoup l'ignorent, cependant certains riverains, habitués à sa présence, lui adressent un salut auquel il ne répond jamais. Il reste impassible, une statue triste.

Hier matin, il s'est levé brusquement et s'est jeté sous les roues d'une voiture de sport montant à vive allure. Ayant apparemment fait son choix.

Janus

Le doigt du praticien appuie sur la touche enregistreuse du dictaphone :

Cabinet dentaire de l'hôpital de Koumac, ce jour à 16 heures 30.

Primo : entaille médiane profonde sur le cuir chevelu.

Secundo : Cloison nasale déviée et possibilité de fracture ; demande complémentaire d'une radiographie faciale.

Tertio : les quatre incisives supérieures sont brisées au ras du collet gingival.

Quarto : les deux incisives inférieures droites ont été avulsées, ne restent que deux alvéoles sanguinolentes.

Quinto : la déviation de la mandibule entraînant une dissymétrie latérale fait penser à une possible fracture de la branche montante gauche. Un panoramique dentaire sera fait pour confirmation.

— Voilà, conclut le praticien, une fois l'examen transcrit et signé, vous pourrez porter plainte à la gendarmerie.

— Non, dit faiblement la jeune femme, quand il ne bvoit pas, il est fi ventil…

Enfant de la balle

L'automobiliste rétrograde en seconde pour aborder cette rue à fort pourcentage de la Vallée des Colons lorsqu'un ballon, échappé sans doute d'une partie de foot improvisée, descend vers lui en sens inverse. Il ralentit, pressentant un enfant lancé à sa poursuite. Mais le conducteur a beau guetter avec prudence, personne pour rattraper cette balle perdue à la trajectoire rectiligne. Par respect et tout en douceur, le chauffeur fait un écart afin de ne pas endommager le cuir. Il pense à sa propre enfance enjouée, à ses cavalcades éperdues, à ses potes « pour la vie » et aux fous-rires d'alors. Le ballon orphelin continue sa course jusqu'à ce qu'un imposant 4x4 l'explose sans une once de pitié.

Le bruit de la balle martyrisée ramène le conducteur rêveur à son quotidien insipide.

Quotidien

Dans le quartier de Magenta, cette sexagénaire, apparemment seule, arpentait sa rue chaque vendredi matin afin de déposer, au hasard des boîtes aux lettres, son exemplaire des Nouvelles Calédoniennes. Elle ne gardait pour elle que le supplément télé, « où cas où il y aurait une bonne émission », précisait-elle avec un sourire, lorsqu'un voisin surprenait son geste hebdomadaire.

Un jour, elle décida de restreindre son périmètre altruiste à sa copropriété. Une pratique qui coïncida avec un amaigrissement sévère et la chute inéluctable de sa chevelure grise.

Jusqu'à ce que les boîtes aux lettres n'aient plus du tout sa visite.

L'atout sein

Il est là, à portée de ma main. Rond, doré et couronné d'une aréole noisette. L'échancrure de la robe de ma voisine me laisse voir en entier ce sein menu, adorable et si tentant pour ma paume. Sur cette terrasse ensoleillée par le soleil tropical d'un 1er novembre, à la table juste à côté, la belle jeune femme lit devant un thé au jasmin. Cette appétissante inconnue à la pose délicieuse est seule et je suis hélas accompagné.

Sachant ma partenaire aux aguets, j'essaie d'être discret. La vue de ce fruit défendu, prêt à être mordillé par ma bouche gourmande, m'obsède. L'objet de mon désir frémit lorsque la tentatrice tourne une page de son roman. Je n'en peux plus, mais, en face, la voix impérieuse de Claudia me rétablit dans l'instant présent.

— On y va, papy ? Je m'ennuie, y a rien à faire, ici.

J'obéis en me levant péniblement, mes articulations me ramènent à la dure réalité. N'oublie pas ta canne ! rajoute ma petite-fille, sa gaieté retrouvée.

Room sévices

C'est le moment de la soirée qu'il préfère. Pénétrer en habitué dans une chambre d'un hôtel cinq étoiles. Avec un panier de fruits tropicaux à peine entamé sur la table du salon, un minibar à disposition et quelques revues à feuilleter, tout en écoutant le chant d'un jet de douche glisser sur un corps de rêve. En l'occurrence, ce soir, celui de Natacha, sublime métisse dont les jambes fuselées lui rappellent Truffaut et le compas des femmes arpentant le monde. Un corps deviné par l'huis entrouvert, se mouvant avec grâce derrière la buée de la paroi vitrée. Délices visuels renforcés par la minirobe prometteuse et les dessous en dentelle étalés sur le lit non défait.

Son whisky servi et pieds sur la table, il patiente en parcourant l'exemplaire du jour des Nouvelles Calédoniennes dont la une est un peu fade à son goût. Puis, ayant perçu la fermeture du mitigeur, il se dirige avec son sourire le plus enjôleur vers la salle de bain. Il surprend Vénus sortie de sa nacre encore dégoulinante de perles d'eau. Yeux arrondis, elle articule péniblement un « mais qui êtes… ? ». Son rasoir en main, il ne lui laisse pas le temps de hurler comme chez Hitchcock. Rideau !

Menu du jour

Perché et camouflé dans les racines aériennes d'un banian, le guerrier a épié le naufrage de la grande barque sans balancier. Malgré la fureur des flots et du vent, il a entendu le fracas du bois se brisant sur le récif et les cris des noyés. Sûrement nombreux.

Dans le calme du petit matin suivant, il a observé quatre rescapés échoués hagards sur la plage. Il les a suivis. Deux sont rapidement morts en se rassasiant de baies toxiques, un troisième est à l'agonie pour s'être endormi sous l'arbre maudit qui coupe la respiration. Très faible, le quatrième, resté sur la plage, a subi son casse-tête. Le guerrier n'a plus qu'à rejoindre la tribu et dire au chef que les hommes pâles ont encore raté leur but. Il précisera aussi que la prochaine récolte de crabes sera goûteuse à souhait.

Le supplice des pales

Dans le nord de la Grande Terre, l'hélicoptère de la gendarmerie est souvent le seul lien motorisé pour joindre des habitants enclavés dans la chaîne centrale. En cause, des pistes creusées de fondrières si importantes après de grosses précipitations que même le marcheur ou le cavalier se retrouvent prisonniers dans leurs cases isolées.

Hier matin, le bruit infernal et crescendo des pales a terrorisé le cheval, unique trésor choyé d'une famille autarcique visitée par les airs. Celui-ci affolé a voulu sauter la barrière de son enclos. Trop court dans son élan, il s'est fracturé les deux jambes avant. L'enclos jouxtant la minuscule aire d'atterrissage, l'hélico a dû repartir sans se poser et sans délivrer les cartes d'identité pour lesquelles il était venu.

Le vacarme du rotor et les hennissements de douleur ont empêché le pilote d'entendre le coup de feu pour achever la pauvre bête.

Dard devil

On sait comment cuisiner la raie, sa célèbre recette au beurre noir parle pour elle. Ce que l'on sait moins est que la raie peut cuisiner, elle aussi. À vif !

En bord de plage calédonienne, prendre un pied de touriste plutôt tendre ou une belle plante, c'est selon, et repérer une raie ensablée — la taille importe peu. Ajouter un beau soleil à feu doux, un zeste de ciel bleu et attendre. Laisser déambuler le temps qu'il faut et guetter le cri de douleur à déchirer l'azur. Ce qui ne saurait tarder.

Madame est servie !

Poucet

Au parc forestier de Montravel en semaine, le matin plutôt, car c'est très calme, une jeune maman a pris l'habitude de jouer avec son bébé sur une natte. Les mains maternelles dansantes, associées aux ombres changeantes d'un feuillage agité par une brise légère, multiplient les risettes du nourrisson. Découverte de la nature et de sa sérénité, douceur de la voix maternelle et du chant des oiseaux envahissent le subconscient de l'enfant dès son plus jeune âge.

La mère, tout à son bonheur, ne se doute pas que, malgré cette éducation humaniste et ce bon départ écologique, son bambin devenu adulte deviendra un pollueur frénétique, voire un criminel ou pire un tueur tortionnaire décorant les branches des grands arbres du parc avec des cadavres martyrisés.

Poucet transformé en ogre fera donc pis que pendre…

Tronc sonneur

Dès l'aube illuminant un bout de côte Est, le vieux Kanak longe le bord de mer qui ourle la tribu. Une habitude jamais négligée qui lui permet de profiter du réveil de la nature et d'admirer en silence l'horizon d'où ses ancêtres ont surgi, il y a bien longtemps. Ce matin après le coup de vent violent de la nuit, il prend son rôle de gardien très au sérieux. Apparemment pas de dégâts notables si ce ne sont quelques bananiers inclinés.

Il passe en dessous d'un très vieil arbre à palabres, secrètement termité, qu'il a toujours connu et respecté. Une ultime risée d'alizé secoue la ramure séculaire. Destinée, manque de pot, hasard qui peut faire tourner très mal les choses ? Bref, le tronc cède brutalement dans un craquement sinistre que le passant ne perçoit pas assez tôt.

Dur de la feuille, sans doute !

Animal de compagnie

Sur une antique station du Nord-Ouest, la veuve âgée vivait seule. Enfants et petits-enfants à Nouméa, son vieux au cimetière, ne lui restait plus que la compagnie du chat, pas tout jeune lui non plus. Elle le traitait comme un enfant, le gâtant, lui parlant du soir au matin comme à une vraie personne. Le matou prisait le frichti tout en se contrefichant de la parlotte. Mais ce qui comptait pour la vieille était de se dérouiller la langue.

Lorsque la crise cardiaque l'a frappée en pleine nuit, la maison était fermée à clef. Le chat a miaulé à son tour du soir au matin sans réponse. Puis, de guerre lasse, il a commencé à bouffer sa maîtresse. Il a débuté par la langue qui pendait hors de la bouche ouverte. Celle de l'animal est passée du rose au rouge carmin. Puis, il a continué sa macabre besogne roborative les jours suivants. Jusqu'à ce que les pompiers, prévenus par les enfants inquiets du silence téléphonique de leur mère, soient confrontés à cet abominable spectacle en enfonçant la porte.

Un jeune pompier, plutôt ébranlé, s'est fait chambrer par ses collègues en assurant avoir vu un chat à tête rouge lui filer entre les jambes.

Une Japonaise aux yeux bleus

C'était un soir d'hiver. Un brouillard épais couvrait les abords du village de Bourail. Coincé dans ma voiture avec mes codes en panne, je râlais… C'est alors qu'est sortie de la ouate réfrigérante une Japonaise aux yeux bleus…

Intrigué, épaté et fasciné par ces mirettes étincelantes, j'ai voulu m'en approcher au plus près. Trop près ! Je n'ai pas pensé à freiner et le choc a été rude pour tous les deux.

L'accident stupide, quoi !

Résultat des courses, on a dû rentrer à pied. Moi qui venais de planter mon tas de ferraille et l'autre conducteur, celui qui avait peint en bleu — sûrement pour faire genre — les deux optiques avant de sa Toyota.

Quelque chose en plus

Collège Tuband, la récré du matin. Ça braille, court et se bouscule dans tous les coins de l'immense cour. Survolant ce mouvement brownien, un escalier métallique extérieur permet d'accéder à la coursive du premier étage. Un escalier cul-de-sac, lorsque la grille du haut est fermée.

Perché sur la dernière marche et dos à la grille, un petit sixième immobile, taiseux. Il regarde tristement tous les autres s'agiter, se parler, se vanner, jouer ou se chamailler. Excepté une jolie petite blonde lui ayant esquissé un sourire en tout début d'année, peut-être par mégarde, il n'a eu aucun contact avec les autres élèves. Il a été moqué, bousculé, puis exclu tacitement par tous depuis ses premiers jours au collège. La faute à ses yeux légèrement bridés, à son visage où un chromosome en plus signale sa différence.

Au-dessus de la mêlée, seul et conscient que ça va durer, il choisit sa première victime. Pourquoi pas la petite blonde, finalement. On dit que le sang tranche mieux sur une peau claire.

Coma critique

Un écrivain calédonien, peu lu à ses débuts et victime d'un grave accident de la route il y a un an, est enfin sorti du coma ces jours derniers et, du coup, de l'anonymat. De fait, son dernier livre, publié durant sa longue absence, a connu un franc succès localement ainsi qu'en Métropole, grâce à sa version numérique. En effet, ses proches et son éditeur avaient décidé de publier son dernier manuscrit trouvé sur une clé USB dans la boîte à gants de la voiture accidentée. Devant les centaines de milliers de ventes inespérées, une adaptation cinématographique du best-seller n'attendait que le réveil de l'auteur pour obtenir son aval.

On apprend hélas que ce dernier a perdu la mémoire. Un vrai trou noir habite son cerveau. Il n'a plus le moindre souvenir. Afin de lui rappeler son passé littéraire, on lui a soumis son dernier livre — le fameux best-seller — pour signature. Non seulement rien n'a rejailli dans son esprit, mais il n'a pas aimé le roman. Pas du tout !

« Nul à chier ! » a-t-il même précisé.

Frédérique Viole

XY

— Eh, les garçons !

Shirley s'ennuie. Assise au bord de la piscine, elle agite les pieds dans l'eau. Elle pourrait déclencher un tsunami. Peut-être qu'alors les garçons la regarderaient et joueraient avec elle ! Mais non, ils ne font que courir, se pousser dans le bassin en hurlant de rire. C'est pas drôle. Elle avait été la seule fille de la classe à être invitée à l'anniversaire de Paul, après qu'il lui avait offert un petit cœur en argent plié dans du papier journal. Il n'était pas très beau, le cœur, un peu cabossé, un peu noirci, mais bon, un cœur est un cœur et Paul l'avait invitée, alors… Elle avait imaginé que les choses se passeraient autrement.

— Un, deux, trois, SOLEIL !

Le cri pétrifie les garçons. Ils REGARDENT Shirley s'entortiller dans un manou de la taille jusqu'aux pieds et se jeter à l'eau avec son cœur cabossé.

— Voilà, on dirait que je serai la petite sirène, que vous serez MES princes pêcheurs et que vous plongez jusqu'au fond de la mer pour ME chercher les trésors cachés dans le ventre des bateaux noyés et…

La demande est incompréhensible. Les garçons haussent les épaules.

— Tu sais nager, non ? T'as qu'à aller le chercher toi-même, ton trésor !

Pour de vrai

— C'est comme dans un conte de fées, dit la mère à l'enfant.

L'enfant n'écoute pas, pleure et se tortille entre les bras de sa mère qui tentent de lui faire un bouclier contre la presse des badauds sur le quai. L'enfant veut fuir les bravos, les hip hip hourra, les éclairs des flashes, les détonations et le rougeoiement des fusées de détresse illuminant le port pour saluer l'arrivée du vainqueur de la course à la voile autour du monde.

— On fait tonner le canon, tirer les feux d'artifice. On fête les retrouvailles du roi, ton père, et de toi, sa fille, la princesse. Le peuple, en liesse, chante et danse…

La princesse, hermétique à ces arguments féériques, cherche à s'échapper. En vain. La foule, trop compacte, l'empêche de s'éloigner. Elle s'affole.

— Mais… mais… dans les contes de fées, les princesses, elles ont pas besoin de faire pipi !

Le saut

— Maman, on saute.

D'une grue érigée au-dessus du lagon, les chevilles entravées par un élastique, des téméraires s'élançaient dans le vide en hurlant. On les voyait tomber comme des pierres, gesticuler dans les airs comme des pantins, finir leur course comme des cochons pendus, parfois hilares, souvent hébétés.

Mon fils avait tout organisé. Trop léger pour sauter seul, il avait calculé que le poids de sa mère ajouté au sien lui permettait d'envisager le saut. Il savait qu'on pouvait se procurer les quelques dizaines d'étiquettes de Coca, Fanta, Tulem, réclamées en paiement, au magasin Océania, encore ouvert à cette heure.

— Mais tu sais bien qu'on n'en boit pas…

J'espérais m'en tirer à bon compte.

— Pas grave, on va les donner. On saute, Maman.

Et c'est ainsi que je me suis retrouvée, harnachée comme une parachutiste, ventre à ventre contre mon fils, hissée au sommet d'une grue, translatée jusqu'au bout de la flèche, mise en demeure de sauter d'une nacelle à cinquante mètres au-dessus de la mer par un petit morpion à bouclettes qui rêvait d'être Batman.

Ô, comme je te serrais entre mes bras !

À dire vrai, je n'ai jamais su s'il s'agissait d'instinct maternel ou d'instinct de survie !

Le guetteur

Paul se lève sans bruit. Il est 7 heures. Il a interdiction de réveiller ses parents. Il doit attendre que le soleil se lève. Il fait froid. Il traîne sa couverture près de la fenêtre et regarde sa montre. Les secondes courent. Les minutes plus lentement. Il attend, mais c'est long. En faisant très doucement, il pourrait relever le store. Juste un peu. Pour voir dehors. Dehors, il fait nuit et les flocons de neige, comme duvet d'oiseau, s'agitent dans la lumière des réverbères. 7 heures 30. Pas la moindre lueur au ciel. D'habitude, c'est l'heure à laquelle il va à l'école. 7 heures 45. Toujours rien. Les flocons dansent, mais pas le soleil. C'est pas normal. Il faut que le soleil se lève. Il ferme les yeux, les rouvre brusquement pour surprendre un éclat du jour. Non, rien. Il colle son nez contre la vitre, ça fait de la buée, mais pas se lever le soleil… Et si le soleil ne se levait pas. Ou plus jamais. Jamais de jamais. 8 heures. Il a peur. Court vers le lit de sa sœur. La secoue. Le soleil ne s'est pas levé ! Sa sœur grogne. C'est la France ici, pas comme chez nous !

Alors, il retourne à son poste de guet pour être témoin du jour où le soleil ne s'est pas levé.

Le seuil

Dans la salle d'attente, on les entendait ricaner ou mugir. Tous, la mèche sur l'œil, la lèvre ombrée, les dents baguées, beaux gosses mal assurés, bourgeonneux rougeoyants, araignées dégingandées, cintrés aux épaules en dedans, turlupins replets. Tous, flacon d'urine camouflé dans la poche du jean, honteux de leurs excrétions, mais le verbe haut et la blague moqueuse.

Ils pénétraient ensuite, un par un, dans la cabine-sas pour s'y déshabiller. Lorsque l'infirmière leur ouvrait la porte de la salle de consultation, elle leur pulvérisait sur les pieds un grand nuage de désodorisant pour chiottes. Ce faisant, elle leur offrait une vue plongeante dans le décolleté de sa blouse qu'elle boutonnait bas. Certains de ces jeunes puceaux se voyaient alors affligés d'une formidable érection qu'ils tentaient, tant bien que mal, de dissimuler derrière leurs mains.

— Va me rentrer tout ça ! ordonnait l'infirmière intraitable, en leur claquant au nez la porte de communication.

Pauvres petits, belle entrée dans le vif du sujet !

Un diagnostic

Imaginez la dépression hivernale de nos pauvres enfants étudiants en France. Le mois de février était particulièrement cruel : fac grise, ciel gris, rues grises, manteaux gris, teint gris. Humeur noire. Alors, nous avions droit aux appels au secours, je ne veux plus rester là-bas, je veux rentrer à la maison, ces études sont nulles, les profs sont cons, ce n'est pas ce que je veux faire, je me suis trompé, les Français sont bizarres, l'eau est trop froide et j'ai pas mangé de letchis cette année… Les larmes, entre deux reniflements, inondaient l'écran des tablettes.

Ému par l'enchifrènement douloureux de sa progéniture, le père y allait de sa prescription : je crois que ce dont vous avez besoin, c'est d'une cure de zinc.

Peu de temps après, à la vue des fistons aux trognes éclatantes, nous nous interrogions quant aux différentes acceptions du mot *zinc*. Ne serait-ce pas sur celui des bistrots que nos morveux avaient trouvé la solution à leurs embarras ?

Marines

Le marin entra Au Bout du Monde. Vingt-huit jours de mer, discussion avec les goélands, pêche calamiteuse, avaries avaient creusé sa soif de compagnie. Il commanda trois bières et trois whiskies, pour commencer, laissant son regard errer des seins aux fesses de la serveuse. Il continua avec six Mojitos, souriant aux tétons qui jaillissaient du décolleté. Il finit avec la bouteille de rhum tout entière, louchant sur le postérieur. Il s'endormit sur le comptoir et ne posa aucune question lorsque Nicolette, c'est comme ça que j'm'appelle, dit la serveuse, l'invita à la suivre pour ne pas être balayé avec les mégots.

Le marin se trouvait chanceux, tout compte fait. Finir la nuit entre les cuisses de la serveuse s'avérait plus facile que prévu. Il se laissa conduire jusqu'à l'entrée d'un studio crasseux du Quartier Latin. L'air frais de la nuit les revigora, sa queue et lui. Une fois la porte refermée, le marin se trouva face à un mur couvert de colonnes de prénoms écrits au feutre noir : Gaston, Mike, Willy… Fiasco !

— Et quand y aura plus de place sur le mur, tu f'ras comment ?

Le marin se sentait nigaud.

— Quand ça arrive, répondit Nicolette, un coup d'peinture et j'recommence !

À tous les coups

— Grosse pute ! J'vais t'damer, l'enculée !

Je ne suis pas certaine du bien-fondé de l'accord du substantif, le terme est sans doute devenu générique. Ce dont je suis certaine, par contre, ce sont les coups de poing qui brisèrent l'os nasal et les zygomatiques de la susnommée, les coups de planche, section cinq centimètres, qui s'abattirent à plusieurs reprises sur son crâne, occasionnant un enfoncement du frontal, les coups de chaussures de sécurité qui lui éclatèrent le foie et la rate et, finalement, les coups de couteau à dépecer le cerf qui lui transpercèrent la cage thoracique et lui perforèrent le cœur.

Il était vraiment très colère ! C'est ce que dirent les voisins qui ajoutèrent que, oui, ils avaient bien entendu qu'elle criait plus fort que d'habitude et puis, après… plus rien. Mais vous savez, on s'mêle pas, nous, ce qui s'passe chez les autres, ça ne nous regarde pas.

Le lendemain, des femmes, très colères elles aussi, furent quelques-unes à défiler dans la rue et furent aimablement reçues par un membre d'un quelconque gouvernement qui leur affirma que s'occuper des violences faites aux femmes était sa priorité et qu'il allait de toute urgence frapper un grand coup.

Les sibylles

Elles dormaient à l'arrière de la fourgonnette aux petits rideaux de paréo. Le matin, après avoir déplié une à une leurs articulations, natté leurs cheveux blancs, redonné un semblant de lustre à leur tenue et cherché un endroit discret pour faire pipi — car elles ne vivaient pas dans un conte de fées — leur principal souci était de trouver le bar aux *cappuccini*. Elles en commandaient quatre. Le *barista*, mal réveillé, s'éloignait d'un pas traînant, puis revenait *prestissimo* vers les deux *signore* attablées. *Quattro* ? Il montrait ses doigts. *Sì*, sì, *quattro*. Il leur en fallait bien deux chacune pour se remettre en vie.

Commençait alors la séance de divination dans la mousse du cappuccino. Aujourd'hui *grande sole*. Ah oui ? Bizarre ! Le mien dit que le *tempo* sera *brutto* avec *neve* de suie ! Regarde, un *delfino* dans les vagues ! Moi, j'ai un chemin *all'infinito*, une échelle vers le *cielo*, un *cavaliere* en armure ! Ben dans le mien, c'est plutôt Quasimodo !

Et puis, un jour, à la surface des cappuccini, elles ne virent… rien ! Rien qu'une étendue plane et laiteuse.

— Tu crois que ça veut dire qu'on va mourir aujourd'hui ?

— Mais non, c'est des conneries tout ça ! C'est pas du marc de café !

Moko

On l'appelait Le Guerrier France Australe. Tous les matins, je le croisais, debout, face à l'océan, appuyé sur son long bâton de chef. Il défaisait son manou, ne gardant autour des reins qu'un bagayou de vieux chiffons pour entrer dans l'eau. Il était entièrement tatoué, depuis son crâne chauve jusqu'à la plante des pieds, chaque centimètre carré de son corps était tatoué. Ses dents mêmes étaient niellées. Il avait consigné sa vie dans les moindres plis et replis de sa peau. Il avait raconté la terre de ses os, la mer de ses morts. Son histoire pour s'en souvenir. Son histoire pour qui saurait la lire.

Un matin, ce sont les flics que j'ai vus traînant son cadavre dénudé sur la plage. Mais ce qui paraissait encore plus nu que son corps nu, c'était son pauvre sexe dépourvu de signes, d'inscriptions ou de marques. La seule partie de son anatomie dont il n'avait rien eu à dire. Un sexe sans mémoire. Sans histoire.

Moi non plus

Elle l'aimait. Pas lui.

Enfin si, je l'aime un peu, raillait-il devant ses collègues, elle me traite comme un coq en pâte, et j'apprécie d'être la saucisse fourrée dans un chien chaud.

— Comprenez, Monsieur le Juge, c'est par amour que ma cliente, interprétant ces propos au pied de la lettre, a astiqué la victime et fait cuire son Teckel après l'avoir farci de cette partie de l'anatomie du plaignant que la bienséance m'interdit de nommer ici.

Mammalogistes

Une marche interminable sur des pistes de poussière rouge. Les épaules sciées par les bretelles du sac à dos, les genoux raides, la gourde vide. Boire n'importe quoi, mais boire. Alors, à la vue de l'enseigne du seul bar ouvert à trente kilomètres à la ronde, même le chien famélique qui me suit, frétille de soulagement.

Ignorant les regards égrillards des hommes attablés, je m'approche du comptoir derrière lequel le patron sue grassement dans son débardeur roulé au-dessus du nombril.

Une bière. S'il vous plaît.

Sans un mot, il m'indique l'affiche collée sur la caisse. La maison ne fait pas crédit. Les femelles sont informées, par décision du propriétaire, que le tarif des consommations est dégressif en fonction de la taille de leur soutif. Bonnet A, 1500 francs, bonnet B, 1000 francs, et ce jusqu'au bonnet G dont les heureuses bénéficiaires boivent gratis. Les déclarations sur l'honneur ne suffisent pas. Comme preuve, il faut montrer le soutif ou…

Contrainte à l'abstinence, je vais mourir de soif. C'est écrit.

Le sourire contempteur du patron accompagne ma retraite jusqu'à la sortie où je rejoins mon ami le chien qui lape l'eau dégouttant d'une citerne rouillée.

Les fleurs sauvages

Elle aimait les fleurs et les culottes de dentelle.

Au point du jour, pieds nus dans l'herbe irisée, elle courait vers ses fleurs préférées, assister à leur naissance ou pleurer leur fanaison. De sa culotte, les dentelles de Calais, d'Alençon ou du Puy, virevoltaient entre alamandas, califons et pervenches dodelinant de la corolle, pour marquer la mesure des arias ou lacrimosas qu'elle leur chantait.

Lui se foutait des fleurs comme d'une guigne et arrachait les slips en dentelle avec les dents.

Accroupi derrière les galants de nuit, il la guettait. Quand elle passa à sa portée, il la saisit par sa culotte et l'abattit dans un bosquet.

Ni pleurs ni cris, on entendit comme un frisson. Et l'armée des fleurs se leva.

Nul, jamais, ne comprit comment ce cadavre, entortillé dans une liane griffe de chat, pût se retrouver étouffé par une guipure de coton, les yeux crevés par un bec-de-perroquet et le cœur transpercé par un oiseau de paradis.

Loup y es-tu ?

— Pisani (Edgard) : Haussaire de la Nouvelle-Calédonie pendant les années sombres et violentes. A passé un Noël, seul, à vingt mille kilomètres de chez lui, *penché sur ses grimoires,* afin de proposer soixante-neuf solutions pour sortir le pays de la crise. Aucune n'a été retenue.

— Couille : nom commun, familier, généralement pluriel, synonyme que tout francophone connaît. Peut s'employer au singulier, il signifie alors abruti. Précédé de l'adjectif possessif « ma », devient, en Nouvelle-Calédonie, un terme affectueux pour désigner un homme qu'on apprécie, un copain. Ce que n'était pas le susnommé.

— De : préposition indiquant la provenance, l'appartenance.

— Loup : animal sauvage dont l'habitat naturel était les forêts froides de l'hémisphère nord. C'est le loup qui a mangé le Petit Chaperon Rouge, sa grand-mère et l'agneau. Il n'a jamais, au grand jamais, été répertorié en Océanie.

C'est pourquoi le « Pisani couille de loup » inscrit en lettres de sang sur le mur du super marché de Rivière Salée, quoique manifestement dépréciatif, est toujours resté abscons ou sujet à interprétations sibyllines. À mettre sur le compte de la créativité linguistique néo-calédonienne. Ex : Toi, tu es intellicon.

Jour de fête

Jour de paie — moins les avances.

Une bière, puis deux, puis tout le carton.

Un pas, puis deux, tituber jusqu'à la piaule.

Sont où, les pièces pour le manger ?

Sont où, le sorbet et les Twisties pour les gosses ?

Yan money.

Ce soir, comme hier, comme avant-hier, Sao pétés dans le bol de thé.

Des cris.

Gueule pas.

Des cris quand même.

Une baffe, deux baffes.

Le silence.

Je barre, donne les clés.

Un 4X4 qui démarre.

Une embardée, deux embardées. Un poteau, un fossé.

Une sirène, des flics. Des menottes.

Un barreau, deux barreaux, trois barreaux et quatre murs.

Un vomi. Beaucoup de cafards.

Et des jours, et des jours… ℍℍℍ ℍℍℍ ℍℍℍ

La définition

J'ai un borsalino noir sur la tête, un poncho rose qui bat des bottes violettes. Je suis voyante et visible. Un coup d'épaule hargneux m'envoie dinguer contre la gondole d'un tabac-presse, *t'as vu ta sale gueule de juive !*

J'ai mis un foulard pour éviter que le Mistral ne me recoiffe à sa façon et, dans le car pour Marseille, je m'assieds sur le premier siège de libre. *La place est prise, retourne au bled, Bougnoule !* grince mon voisin, en écartant les cuisses.

J'ai un petit sac au bout du bras et des petits talons qui trottinent sur l'asphalte. Je ressemble à madame-tout-le-monde. Distraite, je traverse au rouge piéton. *Enculée de Blanc,* me crie la gardienne kanak des feux tricolores qui a décidé de seconder ceux-ci dans leur tâche de maintien de l'ordre !

Désemparée par ces insultes, je me plonge dans *Racisme pour les nuls* et apprends avec soulagement que je n'ai été victime que *d'interactions violentes ponctuelles :* le racisme anti-Blancs n'existe pas. Il est tout à fait rassurant de savoir *qu'enculé de Blanc, gueule de Feuj* ou de *Rebeu* ne relèvent pas de *l'idéologie raciste qui opère de manière systémique à l'encontre des minorités opprimées.* C'est écrit noir sur blanc.

La nuit de l'ange

Lorsque L'ange avait accepté ce boulot de gardien des rêves dans l'entreprise Littérature du Sommeil, à la fin des années sombres et violentes, il s'imaginait passer ses nuits à visionner, sur l'écran de son ordinateur, des épisodes oniriques flamboyants. Mais le slogan *Rêvez votre vie, Vivez vos rêves* était trompeur ou trop habile. En lieu et place de réconciliations, de poignées de mains pacificatrices, de destin commun grandiose, d'avenir à construire enthousiaste, il archivait, soir après soir, de misérables histoires sans envergure, des querelles assommantes, des conflits minables, des rancœurs tenaces. La désillusion était à la hauteur de ses espoirs.

Il est vieux à présent. Tellement.

Alors, repliant ses longues ailes arthrosiques pesantes sur son dos, il pose sa tête dans la poussière d'étoiles éteintes et s'endort sur son bureau. À son réveil, il se contentera de cocher une liste de noms, en face desquels il inscrira : A RÊVÉ.

À l'ouest toute

Seuls les êtres humains, paraît-il, savent qu'ils sont nés, qu'ils vont mourir et sont capables de s'inventer une vie entre ces deux instants.

La Grande Mémé est morte. Dans son lit. Au cœur de la nuit. Elle était née au matin d'un siècle, elle est morte au cours de l'adolescence du suivant. Plus d'une centaine d'années. Il est peu probable qu'elle ait prévu que toute l'histoire durerait aussi longtemps et qu'elle laisserait le conte de sa vie s'effilocher comme une vieille guenille impossible à rapetasser. M'en fous, répétait-elle invariablement à toutes nos tentatives de réensemencer sa vie et de ranimer sa mémoire siphonnée par le vidangeur du temps.

Seuls les êtres humains, paraît-il… Qu'en est-il des êtres qui ne savent plus ?

Éteins en sortant, s'il te plaît

— Pour faire l'amour à une femme comme moi, de mon âge, je veux dire, il faut de l'indulgence. Vous n'en avez pas. Vous ne pouvez en avoir, vous êtes jeune. Pour en éprouver, il faut que les corps se soient connus avant, encore lourds de promesses, non tenues bien souvent, beaux, peut-être, mais surtout durs, deux poings serrés, fermement dressés et tendus vers leurs rêves. Il faut ce souvenir-là pour s'enfiler comme des culottes qui bâillent aux élastiques relâchés. Alors vous, votre sourire de dents blanches, votre peau d'enfance rayonnante, que pourriez-vous savoir de l'indulgence ?

Assis au comptoir de ce rade où j'avais échoué à une heure sombre de la nuit, je me tournai vers cette voix rauque qui de toute évidence s'adressait à moi, puisque j'étais le seul client de ce bar et je ne vis… rien. Rien qu'une forme floue qui faseyait. Je l'entendis rire.

— Ne cherchez pas, la lumière nous traverse, nous dissipe comme s'évapore la buée soufflée sur une vitre. Les jeunes imaginent parfois qu'ils vont mourir, ils ne savent pas qu'ils vont vieillir… et s'effacer peu à peu. Allez, reprenez un café. Je vous l'offre. Le café n'empêche pas de dormir ceux qui sont sans mémoire…

Mémoires vives

Un jour, je me souviendrai du goût des mangues, de leur lait qui happent aux lèvres, de leur peau verte où le rouge se dilue, souple à la pulpe des doigts, de leur chair jaune comme un soleil d'enfant, fade et sucrée à la fois, de leurs fils coincés entre les dents, de leur noyau à charançon, de leur jus sur le menton.

Un jour je me souviendrai que tu avais accroché ta culotte à une branche et que tu sautillais nue dans l'eau froide du creek. Tu nommais chaque plante et parfois même les mordillais pour te rappeler leur nom.

Je me souviendrai des goûts, des couleurs, des bruits, des images et des mots.

Un jour je ne me souviendrai plus de rien.

Où vont se cacher les vies oubliées ?
Et celles qu'on n'a pas vécues ?

TABLE DES MATIÈRES

**Découvrez les autres ouvrages
de notre catalogue !**

http://www.editions-humanis.com

Luc Deborde
Éditions Humanis
BP 32059 – 98 897 Nouméa
Nouvelle-Calédonie

Mail : luc@editions-humanis.com